NELLA

SIMPLE HISTOIRE EN VERS

PAR

Antoine ALBALAT

BRIGNOLES

IMPRIMERIE DE A. VIAN, RUE DU PORTAIL-NEUF, N° 3.

1877

A mon frère Émilien.

NELLA

Le Départ

L'horloge avait déjà sonné la douzième heure ;
La lune avait éteint son nocturne flambeau ;
D'un pas vif et léger sorti de sa demeure ,
Le jeune Edmond fuyait caché sous son manteau.
La nuit était obscure et pourtant embaumée
D'une vague senteur que le vent disputait.
Il s'en allait trouver sa blonde bien-aimée
Qui , pour lui dire adieu , chez elle l'attendait.
Sur ce sol enchanté qu'on nomme l'Italie ,
Où l'on meurt sans regret si l'on y vit un jour,
A l'heure où tout s'endort , à l'heure où tout s'oublie ,
Qui sait combien de cœurs parlent tout bas d'amour ?
Au détour d'une rue où le fleuve de Rome
D'un flot plus bouillonnant semble creuser son lit,
S'arrêta , toujours seul , notre amoureux fantôme ,
Et bientôt d'un balcon une voix répondit.
Une errante lueur éclaira la fenêtre ;
Une porte s'ouvrit et se ferma soudain.

La nuit, muet témoin, vit Edmond disparaître.
Il n'était pas sorti quand brilla le matin.
Certes, c'est, à coup sûr, une chose commune
Que tous ces amoureux au balcon suspendus,
Et l'histoire en serait sans succès, si la lune
Racontait le roman de tous ceux qu'elle a vus.
Ce que je crois plus rare en ces jours de blasphème
Où tant d'amours légers n'ont plus de souvenir,
C'est d'aimer noblement la femme qui vous aime,
Et de savoir surtout lui garder l'avenir.
Or Edmond, à genoux aux pieds de son amante,
Lui disait ses ennuis et lui parlait d'espoir,
Et jurait que sa voix serait toujours aimante
Lorsque dans une année il viendrait la revoir.
Car demain même, au jour, il devait quitter Rome
Et rejoindre à Paris et sa mère et sa sœur.
Étant pour sa Nella dans l'âge où l'on est homme,
Il allait pour tous deux demander le bonheur.
« O Nella, disait-il, je suis jeune et fidèle ;
Ceux qui n'ont pas souffert ont un cœur plus aimant :
Le bonheur à mes vœux ne fut jamais rebelle,
Et je t'aime à mourir, comme on aime un enfant.
Je reviendrai. Le temps volera plus rapide
Qu'il ne s'est écoulé dans nos longues amours.
Quand mon œil reverra ton œil noir et timide,
Si Dieu nous réunit, ce sera pour toujours... »

Et Nella souriait et pleurait sans rien dire ;
Et ses grands yeux brillaient, plus purs que le ciel bleu.
Oh ! qui pourra jamais révéler et décrire
L'ivresse d'un retour ou les pleurs d'un adieu ?
Dans sa chambre, abrité près d'un humble oratoire,
Comme pour écouter paraissant se pencher,
Brillait, les bras tendus, un crucifix d'ivoire :
Nella le regardait, puis alla le chercher.
« Devant ce Christ, dit-elle, Edmond, qu'il te souvienne,
Toi qui vas dans l'absence implorer le bonheur,
De venir prendre ici ta pauvre Italienne,
Car l'amour qui m'enivre est de ceux dont on meurt.
Mais Dieu, je le sais bien, ne veut pas que je meure :
Ces deux bras qu'il me tend, il me les rouvrirait.
C'est pour nous éprouver qu'il permet que l'on pleure ;
Si tu ne venais pas, il me consolerait. »
Ce fut un long instant de fièvre et de délire,
Quand pour les séparer le jour vint les revoir ;
Il fallut bien des fois et pleurer et sourire,
Avant le mot d'adieu qui fut un mot d'espoir.
Mais la nuit avait fui dans sa course étoilée,
Et l'heure qui sonnait abrégea leurs serments.
Dans un épais brouillard Rome s'était voilée,
Comme pour revêtir le deuil des deux amants.

Le Voyage

C'est un tableau sublime et plein de rêverie,
Par un soir de printemps, qu'une mer en furie ;
C'est pour les yeux surpris une terreur sans nom
Que cette immensité de flots sans horizon,
Qui, luttant sans merci sous la voûte brumeuse,
Brisent dans l'air épais leur crinière écumeuse,
Et, contre les deux flancs d'un vaisseau ballotté,
Épuisent sans succès leur effort irrité.
Mêlant à ceux du ciel l'orage de son âme,
Edmond suivait des yeux la fureur de la lame ;
Mais le farouche bruit du vent et de la mer,
Loin de l'épouvanter, le laissaient calme et fier.
Si son front accoudé trahissait la souffrance,
L'amour dans son regard allumait l'espérance.
Il rêvait. Il avait dans l'oreille l'écho
De Nella l'appelant dans un dernier sanglot.
La mer n'étouffait pas le bruit de cette plainte.
Il revoyait toujours Rome, la ville sainte,
La rue obscure où, seule au milieu du brouillard,
Il laissa son amante à l'heure du départ.

Tandis que des clameurs s'élevaient sous la dune,
Tandis que mugissait la tempête importune,
Flottait devant ses yeux l'image de Nella :
Il la chassait en vain , elle était toujours là.
Les mots de cet adieu remplissaient sa mémoire.
Il revoyait encor le crucifix d'ivoire ,
Les regards éperdus , les larmes, les baisers ;
Il entendait des cris encor mal apaisés.
Et, triste, il répétait : « Edmond , qu'il te souvienne
De venir prendre ici ta pauvre Italienne,
Car l'amour qui m'enivre est de ceux dont on meurt. »
Et, sous les cieux ardents à la sourde rumeur,
Il s'écriait : « O mer, qui déchaînes ta rage,
J'atteste ici les flots, ton ciel et ton orage :
Souviens-toi, dans un an , quand tu me reverras ,
De conduire ma voile et d'épargner mes pas.
Cet amour que j'emporte en ma terre de France
Comme tes larges flots sait défier l'absence ! »
Et le ciel , d'un éclair vaguement ébloui ,
Aux paroles d'Edmond semblait répondre : oui.
Parmi les bruits profonds qu'unissait la tempête ,
Edmond en souriant retrouvait dans sa tête
De sombres airs de *Faust,* dont l'un lui revenait
Tel que Nella pensive autrefois le jouait ,
Lorsque ses doigts fuyaient sur le clavier sonore ,
Plus légers que l'oiseau qui vole vers l'aurore.

Comme il l'avait aimée ! Hélas ! amour d'enfant,
Dit-on. Premier amour, dont nul ne se défend.
Jeune, il avait bâti, fragiles édifices,
Un avenir doré d'amour et délices.
Ce rêve, tous, hélas ! nous l'avons fait aussi ;
Mais qui put l'achever ose le dire ici.

L'orage cependant se calmait ; et moins sombre
Les nuages errants laissaient flotter leur ombre.
Même on entrevoyait à l'horizon nouveau
Civita-Vecchia, perdue au fond de l'eau.
Après cette humble ville, à l'aspect monotone,
Où la mer roule un flot tiède, boueux et jaune,
Où les maisons ont l'air d'un antre obscur et noir,
Où jamais le soleil ne se laisse entrevoir,
Une mer s'étendit, frémissante et plus belle,
Un ciel plus pur s'offrit au vol de l'hirondelle ;
Et, songeant que la voile allait se diriger
Vers un sol dont le nom n'était plus étranger,
Edmond, quand disparut la dernière colline,
Sentit son cœur ardent bondir dans sa poitrine.
La reine du Midi, ville aux calmes azurs,
Marseille, au port altier, l'abrita dans ses murs.
Dans la cité bruyante aux vents des mers bercée,
Avide d'avenir, languissait sa pensée.

Il n'y demeura point. La douleur l'envahit.
Seul avec ses regrets, bientôt il repartit.
Les monts, les prés, le ciel, les toits et le nuage,
Les mobiles tableaux d'un rapide voyage,
Loin d'effacer l'amour dont l'espoir l'enivrait,
Concentraient mieux son âme au rêve qu'il fuyait;
Et, dans ce vol lointain porté comme un fantôme,
D'hier à peine Edmond sembla sortir de Rome,
Quand, un soir, sous les cieux par la brise attiédis,
Triste et joyeux pourtant, il entra dans Paris.

L'Absence

O vous dont l'âme hésite à choisir une route ,
Vous qui , d'un pas obscur, poursuivez le bonheur,
Qui , n'ayant pas connu les angoisses du doute ,
Devinez moins encor les angoisses du cœur ;
S'il vous reste un parfum de vie et de jeunesse ,
Si vous avez bercé de longs rêves d'amour,
S'ils ne sont pas flétris au vent de la tristesse
Et s'ils dorment en paix pour refleurir un jour ;
Vous qui vivez sans fiel , et passez sans vous plaindre ,
Gardez votre âme pure et vierge de mépris :
Fuyez l'hydre puissant, jaloux de vous atteindre ,
Et qui que vous soyez , n'allez pas à Paris.
Paris ! c'est la cité sublime et souveraine :
Tout ce qui pense et lutte habite dans son sein ;
Mais sur toute espérance un tel vent s'y déchaîne ,
Que le cœur le plus fort n'y peut vivre un matin.
Fuyez son lâche appel et son charme funeste ;
Le rêve le plus pur s'y flétrit sans retour ;
Dans ce gouffre, où la honte efface tout le reste,
Les fronts sont sans pudeur, les âmes sans amour.

Un an s'écoule vite au sein des grandes villes ,
Et l'oubli vient au cœur sans qu'on veuille y songer.
Loin des objets aimés nos amours sont fragiles ,
Quand nos souvenirs seuls peuvent les protéger.
Pourtant l'âme d'Edmond fut plus noble et plus fière.
Il n'aimait plus Paris : — il songeait à Nella.
De son serment juré rien ne put le distraire ,
Et lorsque le jour vint, Edmond s'en rappela.
On le voyait errer sur les places publiques;
Il marchait vaguement comme un homme irrité ,
Promenant sous des cieux gris et mélancoliques
Son front toujours pensif et toujours attristé.
Peu de jours avaient fui depuis son arrivée :
Une lettre un matin le trouva qui pleurait ;
La crainte dans son cœur s'était déjà levée :
Par quelques mots d'amour Nella le rassurait.
Sa mère lui permit (que refuse une mère?)
De retourner à Rome où l'amour l'appela.
Elle-même écrivit dans la ville étrangère
Pour connaître à son tour le passé de Nella.
Mais ce que ses amis purent raconter d'elle
Sut si bien la grandir au regard maternel,
Qu'elle livra bientôt à son enfant rebelle
Et la route de Rome et le chemin du ciel.

Edmond n'annonça point la nouvelle prévue ,
Voulant de cette joie embellir son retour.
Des lettres de Nella l'attente était déçue :
Nella n'écrivait plus et boudait à son tour.
Lecteur, il serait triste et surtout inutile
Sur les ennuis d'Edmond de porter ton regard.
Dans un si jeune cœur l'amour semble fragile :
Edmond aimait pourtant comme au jour du départ.
Il luttait sans faiblir contre les railleries.
Ses dédaigneux amis connaissaient son passé ;
Mais, plaignant ces cœurs morts et ces âmes flétries ,
Son magnanime espoir ne fut jamais lassé.
Que de fois , regardant la coupole dorée
Des monuments lointains que la brume effaçait ,
Il songea , grave et sombre , à sa chère adorée
Qui , seule aux pieds du Christ , priait et l'attendait !
Un an , je vous l'ai dit , s'envole comme une heure ,
Quoique un morne chagrin double le poids des jours.
Lorsqu'arriva l'instant de quitter sa demeure ,
Edmond partit, léger, pour revoir ses amours.
Je ne le suivrai pas dans son lointain voyage :
Le jour de son bonheur s'était enfin levé ;
Lecteur, volons plutôt, en changeant de rivage ,
Au lieux où sans encombre Edmond est arrivé.

Le Retour

Naple au ciel rayonnant, Naple aux verts orangers,
Au pied de ses villas en couronnes rangés,
Naple, où flotte et scintille une lueur lointaine
Des feux que le Vésuve égare dans sa plaine,
De toutes les cités du pays au ciel bleu,
De tous les lieux bénis sous l'horizon de feu,
Certes, Naple est la ville où l'homme, las de vivre,
Comme en un autre Éden se dérobe et s'enivre,
S'abandonne au plaisir d'une douce langueur
Et rêve d'y mourir d'amour et de bonheur.

Assis sur un rocher qui se mirait dans l'onde,
Écoutant les soupirs de la vague profonde,
Deux hommes parlaient haut et riaient accoudés.
Ils paraissaient Français à leurs airs décidés.
L'un d'eux était Edmond, l'autre un ami d'enfance,
Qui courait l'Italie et regrettait la France.
Edmond se pressait peu, quoique à Rome attendu.
L'attente d'un bonheur vaut un bonheur perdu ;

D'ailleurs le ciel d'azur et Naple et ses collines
Sont, lorsqu'on veut rêver, des ressources divines.
Porter ses pas errants de Pouzzole à Baïa ;
Mouiller son front paisible aux brouillards d'Ischia ;
Gravir devant la mer les roches de Sorrente,
Et songer que demain on revoit son amante :
Je ne sais rien vraiment de plus voluptueux
Que ce vague retard du plaisir d'être heureux.
Quoiqu'un désir secret pût le tenter encore,
Edmond allait partir pour Rome dès l'aurore,
Lorsqu'un soir, attardé sur le sable endormi,
Il avait rencontré ce français, cet ami,
Un fier jeune homme, un cœur ardent, un fol artiste,
Promenant sous les cieux ses songes de touriste.
Leur surprise passée, ils causèrent. — Ma foi,
Dit Edmond, en riant, qui m'eut parlé de toi
A Naple, m'eut surpris. Depuis quand le Vésuve
Te fait-il respirer son amoureuse effluve ?
— Tu dis bien. Amoureuse Oui, sans l'avoir cherché,
L'amour m'a recueilli. Je n'en suis pas fâché.
Je m'ennuyais déjà, mon cher ; c'est une histoire
Commune, et cependant c'est à ne pas y croire :
Un ange ! — Ah ! toujours, dit Edmond en souriant.
— Elle est folle et jolie, et c'est presque un enfant !
Fit l'artiste en gaîté, je suis heureux ! — Pauvre être !
Si j'en avais le temps je voudrais la connaître,

Repartit son ami qui songeait à Nella.
— Non , jamais un regard plus pur n'étincela
D'un éclat plus ardent, d'une plus vive flamme.
En voyant ses grands yeux tu lirais dans son âme,
Fit le peintre jaloux et fier. Il ajouta :
— Ses yeux sont un abîme et l'amour m'y jeta.
C'est une belle fille, et sans qu'il y paraisse,
Voilà bientôt six mois qu'elle fut ma maîtresse.
— Savait-elle en t'aimant que tu devais partir ?
— Pardieu ! — De cet amour pourra-t-elle guérir ?
— Je n'en sais rien. — Elle en mourra. — C'est à merveille !
Dit l'artiste , le drame est digne de Corneille.
Je hais les dénoûments vulgaires et communs ;
Les romans où l'on meurt sont les moins importuns.
Du reste , ma maîtresse en guérira : La femme,
Un concile l'a dit , n'a peut-être pas d'âme.
Ma maîtresse adorait la table et le plaisir,
Et j'ai sur ces deux points satisfait son désir.
Les femmes sont à nous et nous sommes leur maître.
— Pauvre enfant, dit Edmond, je voudrais la connaître.
Et , songeant que Nella ne lui ressemblait pas,
Il redevint pensif. — Mon cher, quand tu voudras.
C'est dit. Viens avec moi. Tantôt. Sans plus attendre.
Tous les deux sans façon nous irons la surprendre.
Elle se jettera dans tes bras , sûrement ,
En saluant en toi l'ami de son amant.

Cela dit, tous les deux ils quittèrent la place,
Et le bruit de leur voix se perdit dans l'espace.

Le rossignol chantait au murmure des flots ;
La lune se jouait sur la vague endormie ;
Les grottes de Sorrente éveillaient leurs échos,
Lorsque Edmond arriva chez sa nouvelle amie.
Edmond était pressé ; la nuit se répandait ;
Mais l'artiste avec lui jurait qu'il souperait.
Riant et chuchotant, dans une haute chambre,
Sans s'être détournés ils entrèrent tous deux.
Les parfums de l'iris et les odeurs de l'ambre,
Comme un encens léger, voltigeaient autour d'eux.
La clarté de la lune argentait la fenêtre ;
Mais de pâles rideaux l'étouffaient à demi.
On entendit un bruit. — Regarde-la paraître,
Dit l'artiste, en pressant la main de son ami.
Un cri déchira l'air, quand s'offrit cette femme.
L'artiste en fut troublé ; mais Edmond chancela
Et mit sa main au cœur pour retenir son âme...
O surprise effroyable !... O deuil ! c'était Nella !
Nella ! non plus cette humble et pâle jeune fille
Devant qui le poète eut courbé le genoux,

Non plus ce front charmant où l'innocence brille,
Non plus ce chaste cœur dont l'amour fut si doux :
De toute la beauté dont un front se couronne ,
De toute la pudeur dont s'enivre l'amour,
Il ne restait , hélas ! comme un parfum d'automne ,
Qu'un rayon passager, qu'un cœur mort sans retour.
Edmond , dont la douleur cherchait une parole ,
Vers ce fantôme aimé n'avait pas fait un pas.
Mais, étouffant ses cris sous une rage folle ,
Il voulait s'élancer et ne le pouvait pas ;
— Terre et cieux ! cria-t-il enfin , mais c'est un rêve !
Sa maîtresse, Nella ! c'est Nella que je voi !
Ah ! ce cri déchirant qui dans mon cœur s'élève ,
Ah ! c'est donc le réveil ! ô Nella , c'est donc toi...
Et ce fut , à coup sûr, un lugubre silence,
Quand ces mots, dits tout haut, expirèrent tout bas.
Mais Nella répondit avec indifférence :
« —Qu'avez-vous donc, Monsieur, je ne vous connais pas. »
Alors , tout un passé d'ivresse et de délire
En flots désespérés arriva jusqu'à lui.
Nella , qui le comprit , essaya de sourire,
Mais dans les yeux d'Edmond un éclair avait lui.
Il s'élance , muet , sur son ami d'enfance
Qui ne se défend point et recule un moment ;
Crache un blasphème au ciel, comme un homme en démence,
Puis aux pieds de Nella se jette éperdùment :

« — O Nella! c'est donc toi! ces traits et ce visage,
O mon Dieu! c'est donc elle! Oui, je la reconnais.
J'ai fait, ivre d'amour, mon douloureux voyage,
Et je volais à Rome et vers toi je venais!
Sens-tu crier ton cœur et tressaillir ton âme?
Ou n'ont-ils plus d'échos en entendant ma voix?
Rien n'émeut aujourd'hui tes entrailles de femme,
Et tu n'as pas un mot lorsque je te revois?
Oh! c'est une douleur affreuse qui me ronge
De te voir devant moi, de songer que j'ai là
Devant mes yeux ouverts, ironie et mensonge!
Une prostituée, et que c'est ma Nella!... »
Et comme elle restait immobile et glacée,
Il cria : — « Sur ton front qui rit de la vertu
Ne surprendrai-je pas ta dernière pensée,
Et, dussions-nous mourir, dis-moi, répondras-tu? »
— Eh bien! Oui, je réponds, dit-elle, sans tristesse
Et sans plus s'émouvoir des cris de son amant,
Mieux que votre mépris votre douleur me blesse :
L'amour que vous pleurez n'a duré qu'un moment.
Aimez-vous que Nella vous parle avec franchise?
Épargnons-nous tous deux des regrets superflus.
C'est votre désespoir qui me rend indécise ;
Depuis votre départ je ne vous aime plus.
J'avais cru vous aimer et j'ignorais encore
Même les mots d'amour que vous me répétiez ;

Quand j'ai senti ce feu qui brûle et qui dévore,
Ce fut pour cet ami qu'ici vous insultiez.
Si je vous ai juré de demeurer fidèle,
Mon cœur en cet instant ne vous a pas trompé;
Mais l'absence éclaircit une erreur trop cruelle :
Cet amour passager s'est bientôt dissipé.
Je me souviens toujours du crucifix d'ivoire,
De nos pleurs, des adieux, de nos serments confus :
Ces souvenirs brisés remplissent ma mémoire,
Mais, malgré mes regrets, je ne vous aime plus.
Notre amitié vaut mieux que cet amour fragile.
Fuyons-nous aujourd'hui pour ne plus nous revoir.
Sans espérance, hélas ! l'amour est inutile :
Le vôtre, mon ami, vous défend d'en avoir.
Votre réveil tardif est un réveil bien triste ;
Le rêve que j'ai fait a duré moins longtemps.
A la réalité si votre cœur résiste,
Ne nous revoyons plus : il en est encor temps.
Écrasez maintenant votre infidèle amie,
Brisez-moi devant vous, foulez-moi sous vos pas,
Je ne mentirai point, car vous savez ma vie,
Je vous dirai toujours : je ne vous aime pas.... »

Edmond tordait au ciel ses deux mains suppliantes ;
Mais il sortit enfin sans murmurer un mot.

Ses lèvres retenaient des paroles errantes ;
Sa poitrine agitée étouffait un sanglot.

*
* *

Le lendemain, à l'heure où l'errant crépuscule
Efface au jour qui naît sa clarté qui recule ,
Nella chantait déjà son air napolitain ,
Quand elle ouvrit sa porte à l'air pur du matin.
O spectacle imprévu ! dans l'escalier humide
Un cadavre gisait , défiguré , livide ;
Sous le linge entr'ouvert , par la lame rongé ,
Le poignard dans la plaie était encor plongé.
Pauvre insensé ! Nella le reconnut sans peine.
Il aima mieux mourir que vivre avec sa haine.
Enfant ! qui s'est tué pour un indigne amour !
Qui pourrait l'en blâmer et l'eut fait à son tour ?
Ton rêve s'est enfui , ta vie était amère ,
Et tu t'en es allé sans songer à ta mère
Et tu ne savais pas, dans ton sublime effort,
Qu'un douloureux mépris venge mieux que la mort.

L'artiste sur son lit bâillait avec tristesse.
Il accourut soudain aux cris de sa maîtresse ;

Il reconnut Edmond, regarda fixement,
Et l'ami d'autrefois n'écouta plus l'amant :
. Il pleura. Près de lui, le regard doux et triste,
Nella pleurait aussi, moins que le jeune artiste.
— Ah! dit-elle, effrayée et frissonnante encor,
Après que tous les deux eurent porté le corps
Sur le lit de Nella, dans l'alcôve embaumée,
Hélas! ce pauvre Edmond, il m'avait bien aimée!
Puis, regardant le peintre, elle lui dit tout bas :
— J'ai fait un crime!... Au moins, tu m'en consoleras.

FIN

Aux Femmes

O femme, est-il donc vrai que ton charme nous tue
Et que ton dernier mot soit l'oubli dédaigneux ?
Tu te plains d'être esclave, implacable statue !
Non ! tu règnes toujours et ton règne est affreux.

Monstre, on te soupçonnait d'être moins misérable,
Mais on t'a trop chantée en des vers incompris :
L'homme est à tes genoux et te nomme adorable ;
Mais souvent son amour finit par le mépris.

Jeune encor, il t'appelle et te livre sa vie :
A peine t'aime-t-il, que tu trahis sa foi ;
Mais ton volage amour lassera son envie.
L'homme apprend à mentir pour se venger de toi.

Tu lui fais plus de mal qu'il n'a rêvé d'ivresse ;
Il guérira peut-être au prix de sa douleur,
Et tu ne seras plus qu'un songe de jeunesse,
Quand l'homme aura brisé ton piédestal vainqueur.

www.ingramcontent.com/pod-product-compliance
Lightning Source LLC
Chambersburg PA
CBHW061729180626
46818CB00006B/2538